詩集

水の町

高階杞一

澪標

水の町　目次

Ⅱ　春の分かれ

Ⅲ　水の町

Ⅳ　雨のあと

装幀　倉本　修

水の町

雨

夜半から降りだした君の横で
ぼくは　だまって
降り続けている君を
見ている

　ごめんなさい
　こんなに降って

と君はあやまるけれど
雨だから
しょうがない

どんなにいっぱいの悲しみが
君を降らせているのか

てのひらに受ける
君のひとつぶひとつぶに
今朝
六月のみどりが映って
美しい

I　金魚の夢

金魚の夢

夜店の
金魚すくいのあとで
金魚になった
なってみれば
それほどたのしいこともない
みずのなかで
おちてくるえさをまつ
たべたらねむる
おきたら
すこしだけおよぎ
またえさをまつ

そうして
じぶんがなんなのか
すこしずつわからなくなっていく

それなのに
おなかだけはすく

がらすのむこうのよる
でんちゅうがいっせいにあるきだし
はんらんをおこす
ゆめをみる
すこしおもしろい

風鈴

角を曲がると
お侍さんになる
斬り捨て御免なのである
ばったばったと斬り捨てていく
路上は
無礼者の山となる

にんげんだもの
いつかはこうなる

血糊を拭いて

角を曲がる

と、お侍さんがいる

路地の奥から
少しずつ
顔が大きくなってくる

どこかで
風鈴の音がする
日陰で犬が寝そべっている

七月は
静かで　暑い

帰り道

行くときは楽しいのに
帰り道は
どうしてこんなにさみしいんだろう
夕暮れの空で
カラスが鳴いていたり
自分の影が長くなっていき
まわりはどんどん暗くなっていく
あちらこちらに明かりがともり
家々から楽しげな声が聞こえてくるのに
自分だけ
まだ帰る家をめざして歩いている

楽しかった家
楽しかった頃の家

そんな
遠い家をめざして
帰って行く

道ばたで
蛙がわんわん鳴いている
そこに水があるんだとわかる

雨になる

午後から
雨になる
お昼を食べて
食べ終わった食器の前で
ぼんやりと
外　を見ていると
何とはなしに
上の方から曇りだしてきて
胸や
手や
足の各地で

雨になる

たちあがっても雨
ねころんでも雨

どうしようもなく

　　いいこ　いいこ

そばにいる
犬の頭をなでていると
犬も濡れていく

沼に向かう道

日々
はらはらと　毛はぬけおちて

ついに
河童になった

口はとがり
背中にはちゃんと甲羅もできている
もう還暦も過ぎたから
河童でも何でもいいいんだけれど
こんな姿では

このままここにいるわけにもいかない

洗面所を出て
まだぐっすりと眠っている妻に
きちんと
お別れの手紙も書いて
（水かきがあるので書きにくい）
家を出る

外は
冷たい風が吹いている
満天に　星はきらめいて
きれいだな
あんな星のような詩が書けたらなあ
なんて思いながら歩き出す

ところで
沼はどっちだろう
河童も冬眠するのかなあ

夕暮れ

とうとう
手だけになってしまった
少しずつ
上や下からすりへっていき
とうとう
こんなにもしわくちゃな右の手だけに
なってしまった

凋落とはこのことか

まわりからひとり去りふたり去り

気がつくと
誰もいなくなっていた
ごめんなさい
と　恋人でさえ去って
とうとう
ひとりになってしまった

五本の指で机にのぼり
ぼんやりと
窓の外を見ていると
いつのまにか夕暮れになる

どこからか小さな虫が来て手の甲にとまる
かゆい
でも指がとどかない
なさけない

冬の台所

レンジ、どびん、どんぶり、茶碗
みんなで今後のことを話し合いました
それぞれ形は違うけれど
協力し合えば
何とかなるんじゃないかと
そこまでは話が進むのですが
具体的にどうするか
となると
誰も知恵が出てきません
でもきっと　何とかなると
思いながら
まわりの

まな板も
包丁もお箸も
スプーンもみんな
耳をすまして
彼らの話を聞いています

大好きだったおじいさんは隣の部屋で眠っています
一度も起きてこないまま
昨日からずっと眠っています

これから
どうなるんだろう
天井が今にも落ちてきそうな凍てついた夜
春なんて
ここにいるみんなには
まだまだ遠い先のことのようでした

Ⅱ　春の分かれ

小さな挨拶

せまいベランダの
小さな植木鉢に咲いた
小さな黄色い花に
小さな虫が来てとまる

　ずいぶん遠くまできたんだね
　あなたこそ

せまいベランダで
花と虫がしゃべっている

春先の
小さな挨拶
人間には聞こえない声で

耳をすませて

春になると
どこからか鶯の声が聞こえてきます
生まれたばかりの鶯なのでしょうか
最初は
あまりうまくありません
ホー　と鳴いて
ケキョン　とこけたりしています
それが
日がたつにつれ
少しずつうまくなっていきます
いい声だな

と思って聴いているうちに
春は
すぎていきます

昨日まであんなにきれいな声で鳴いていた
あの鶯は
どこへ行ってしまったのでしょう
庭に出て
晴れた空をさがします
春といっしょに消えていったものを
わたしは
耳をすませてさがします

春の分かれ

それから
誰にも聞こえないように
さようなら　と言って
出ていきました
肩にはまだ昨日の鳥がいて
きれいな声で歌っていましたが
戻りたくなったら困るので
道端の男の子にあげました
缶をけって
ポストに手紙をいれて
橋をわたり

そして
約束の場所に着くと
次の人がいて
あとはもう吸われて消えていくだけになりました
たのしかったこと
つらかったこと
思い出は足が長いので
きちんと折りたたまれて
吸われていきます
下では
次の人がもう歩きはじめています
新しい服を着て
新しい鳥を
肩にちょこんと乗せて

to a good friend

頭がぼさぼさのおじさんが
トイレから出てきます
ペタペタと歩いて
階段をのぼっていきます
扉の向こうはぼくの部屋です
おじさんは
ぼくの机に座り
窓をあけ
外を眺めます
空き地があって
道路があって

静かな家が並んでいます
おじさんはぼんやりと
どこか遠くを眺めています
その顔を見ていると
知らない人なのに
何だかなつかしい気がしてきます
おじさん
と声をかけようとしたら
うつむき
机の引き出しから日記を出して
（あれはぼくの日記なんですが）
何か書きはじめました
書き終えて
ペンを置くと
おじさんは　消えました
机の上の開かれたページには

You are all right.

——to a good friend of mine

と書かれていました
中学の卒業式の前の日のことでした
もう今から何十年も前の

道

矢印が
あっち
というふうに
立っている

あっち　はどんなところだろう
と考えながら
通りすぎる

というような詩を
昔　書いたことがある

まだ道に迷って
ふらふらと歩いていた頃のこと

それから
何度もその矢印の前を通ったが
あっちへは
ついに行かないまま
時は過ぎ去った

今、窓辺に坐り
沈んでいく夕日を見ながら
あのときの詩を思い出している

こっちにもきっと
いいことがある

と書いたところで行き詰まり
投げ出してしまったが
ときおり
ふっと思い出す

（もしもあっちへ行っていたら
今頃どんなところにいるだろう……）

やっぱりあっちでも
こっちのことを思っているような……
こんなふうに窓辺に坐り
ひとり
沈んでいく夕日を見ながら

卒業

バイ菌がとんでくるので
マスクをして出かけていった
手にもつくので
手袋もした
誰とも顔を合わせないように
うつむきながら
コンビニや
公園をいくつも過ぎて
土手の上の
川沿いの道に出た
川には水が流れていたけれど

鳥もとんでいた
（あれは水鳥だったのかしら……）

春先の
いっぱい　いろんなことがあった頃

土手をおりて
水を見た
水辺の石の上に亀がいた
陽をあびて
じっと動かない小さな生き物と
空の高いところをとぶ大きな鳥と
土手を通りすぎていく犬と老いた人を見て
ぼくは
その日
そこへ向かって歩いていった

踏切を越え
新しい地図をポケットに入れて
空き地と
長い塀の続く工場を過ぎ
角を曲がると

菜の花が　咲いていた

Ⅲ　水の町

波紋

投げた石が
水に落ちて
波紋が広がっていく
石はとっくに水の底に消えたのに
石の声は
遠くへ
遠くへ伝わっていく

わたしの
ここにこうしてあったことも
そんなふうに

伝わっていくのでしょうか
いつか
誰かの岸辺に
小さな波紋となって

水の町

立派な人になりなさい
と言われても
川の曲がりくねって流れる町は
年中水びたしだったし
駅前の広場では
毎日
イルカのショーをやっていた
台の上には
いつもきれいなお姉さんが立っていて
片手をあげて
ぴぃーっと　笛を吹く

すると
イルカがいっせいに飛びあがり
空から
またいっせいに落ちてくる
そのたびに水が飛びちり
人も車も止まる
お姉さんはきっと婦人警官になりたかったんだと思う
ぼくは婦人警官にはなれないけれど
お姉さんの
あの口にくわえた笛ぐらいにはなれると思った
お姉さんの吐く息がぼくの中を通って
ぴぃーっと　いい音で鳴る
そんな笛に
努力をすればなれると思った
立派な人がどんな人だかわかんなかったけど
学校帰りに

いつも見ていた

　ぴぃーっと　笛を吹くお姉さんと

　空から落ちてくるイルカを

曲がりくねった川の

流れる町で

さかな子さんと僕

それはちょっとやりすぎじゃないの
というようなミニスカートをはいて
その日
さかな子さんは家《うち》にやってきた
扉をあけると
まっすぐに僕の目を見つめ
宣言したのでありました
「今日からここで泳がせていただきます」
手には赤いバッグがひとつ
君はどこから来たの
と聞く間もなく
ぺこりとおじぎして

それからずっと
ここにいるのだけれど
根がサカナだからご飯は作れない
洗濯もできない
掃除もできない
なんにもできない
毎日ただ泳いでいるだけ
でもいいんだ
見ているだけで何だかいやされるから

ねえ　さかな子さん
たまにはどこかへ行かない？
電車に乗って
たとえば
そうだなあ
高原のきれいな湖のあるようなところ

そんなところへ行って
サイクリングなんかするのはどう?
レンタサイクルがあればの話だけれど
だいじょうぶ
もちろん君はうしろで
ペダルは僕がこぐからね

そうして
しぶる彼女を連れて
週末のよく晴れた朝
僕たちは出かけていったのでした
電車に乗って
降りた駅からバスに乗って
さらに歩いて
やっと
林の中のきれいな湖のほとりに着くと

彼女は急に走り出し
水の中へどんどん入っていって
それっきり
戻ってきませんでした

部屋の壁には
彼女が残していった色紙が一枚
今も飾ってあります
そこには誰のかよく分からないサインが書かれ
そのすみっこに
　さかな子さん江　と
書かれています

さかな子さん
君はここへ来るまで
いったいどんなところで泳いでいたの

Ⅳ　雨のあと

ひよこ

小学校の校門の前
ダンボール箱に入れられて
動き回っていたひよこ
かわいいねかわいいねと
みんなが手のひらに乗せていたひよこ
買って帰っては
いつも
すぐに死んでしまったひよこ

はかないね

と言いながら
手のひらの
動かなくなったひよこを見ていたお母さん

それから
ひよこがいっぱい降ってきた
雪のように
ぼくの
長い人生のときどきに

長い雨

長い冬が去り
やっと春が来たと思ったら
すぐに
各駅停車の長い雨が来て
ぼくの
ホームで止まる

行き先は　夏
と書いてあるけれど
少しも
動き出しそうになく

立ち止まったまま
ぼくの
各地を濡らす

予定はみんなつぶれてしまった

二本のレールが
取り消し線のように
のびている

そんな
ホームに立って
雨を見ていた
動けずに
雨もまた悲しそうだった

雨のあと

降りしきった雨がやみ

空には
ぽつんと　白い雲

その下を
犬といっしょに散歩

犬は道端の匂いをかいでは　何度も
おしっこをする
ここにわたしがいますよ

と
ほかの犬に知らせるために

えいえいと
そうして世代をつなげてきた

ぼくは次へ
つなげないまま
終わってしまいそうだけど

いつかまた
ここへ
戻ってこれそうな気がする
今日のように
雨の降りしきったあと
たとえば

空に　うかぶ
あの
白い雲のようなものにでもなって

九月になれば

九月になれば
夏の楽しかったことを
庭に
いっぱい植える

時が過ぎ
いつか
君のいたことさえ忘れてしまう
そんな日が来たとしても

空を行く

九月の雲が
この夏の庭へ帰っていく道を
きっと教えてくれると
思うから

ボタンの穴

ボタンの穴を見て
ふと
不思議だな　と思う
なんにもないのに役立っている
なんにもないことで役立っている
もしもこの穴がなかったら
ボタンは
途方に暮れることになる

ぼくの中にも
ボタンの穴のようなものがある

いつこんな穴ができたのか
覚えていないけど
いつからか
ぽつんとあいている

ボタンがとれて
穴だけが
ずっと　あいたままにある
ときおり
そこを
白い小さな雲が
通っていくのがわかる

白鳥の湖

泣きそうになると
どこからか白鳥がやってきて
いつのまにか
となりで泳いでいます

岸辺には人影もなく
ただ木々が霧にかすんでにじんでいます

わたしはなぜ
泣きそうに　なったのでしょう
わからないまま

いつまでもついてくる白鳥に
つたえます

　　もうだいじょうぶ
　　もうだいじょうぶだからね

白鳥は
わたしを見つめると
しずかに
わたしからはなれ
霧の中へと消えていきます

こんなふうに
白鳥が
ここへ来るようになったのは
わたしが大切なものをうしなって

それから
ずいぶんと経ってからのことでした

うみ

ワンコのおしりは
かわいいおしり
しっぽをふると
ますますかわいい
ワンコおいで
こっちへおいで
よべば
はしってとびついてくる
かおをぺろぺろなめにくる

きょうもあしたも

おんなじことが
ずうっとつづいていくんだと
おもっていたのに
ワンコはどこへいったのか
いくらよんでも
はしってこない
よんでも　よんでも
もどってこない

うみは　ひぐれて
なみおとばかり

あとがき

今回、本書のまとめをしていて、「水」に関連した作品が多いことに気がついた。数えてみると、二十四篇中十三篇に「水」が出てくる。雪や雲など、「水」に関わるものを加えるとさらに多くなる。これはどういうことだろう。別に意図して「水」を書いてきたわけではない。まとめてみたらそうなっていたというだけのことであるのだが、この顕著な傾向は我がことながら興味深い。

本書にはこの四年ほどの間に書いた作品を収めている。二〇一一年から二〇一四年。この間に個人的に何かあったかと考えてみる。記憶をさかのぼるが、特にたいしたことは思い当たらない。悲痛な出来事で涙に暮れた、なんてこともない。あれこれ思いをめぐらしていて、ふと思いついたのは東日本大震災のこと。あのときの津波の衝撃が頭にこびりついていて、それで「水」の詩が多くなったのかと思ったりもしたが、これはどうもこじつけのような気がする。

では何だろう?

家人に話すと、樹木が水を欲するように、まだまだ成長していこうとしている証ではないかと言うけれど、自分の歳を考えると、それはちょっとありえそうにない。

　四年前に還暦を迎えた。還暦とは干支が六十年をかけて一巡し、生まれた年の干支に戻ること。昔なら六十才と言えばもう老人と言っても差し支えない歳だったけれど、平均寿命が八十を超える現在ではまだまだ老人という感じはしない。自分もまた気持の上ではそうなのだけれど、以前と比べ、来し方を振り返ることが多くなったような気がする。還暦を越え、昔の文人墨客がそうしたように、無意識のうちにも時の流れを水の流れに重ねていたのかもしれない。

　雨は山に降りそそぎ、その水は川となり、川は海へと流れ、海の水は蒸発して雲となり、その雲が雨となりまた山に降りそそぐ。この循環は還暦の一巡と似ている。もし自分が山に降りそそいだ一滴の水であるならば、今、一巡してまた山の上流に戻ってきたことになる。再び海へ戻っていくことはないけれど、二度目の旅をどの辺りで終えるのか、その「水の町」のことをときおり思ってみたりする。

二〇一五年　早春　　　高階杞一

初出一覧

雨	読売新聞（夕刊）	二〇一四年六月十六日
Ⅰ　金魚の夢		
金魚の夢	ガーネット　VOL.67	二〇一二年七月一日
風鈴	ガーネット　VOL.67	二〇一二年七月一日
帰り道	ガーネット　VOL.68	二〇一二年十一月一日
雨になる	交野が原　73号	二〇一二年九月十日
沼に向かう道	ガーネット　VOL.68	二〇一二年十一月一日
夕暮れ	ガーネット　VOL.71	二〇一三年十一月一日
冬の台所	ガーネット　VOL.72	二〇一四年三月一日
Ⅱ　春の分かれ		
小さな挨拶	交野が原　72号	二〇一二年四月二十日
耳をすませて	交野が原　74号	二〇一三年四月一日
春の分かれ	朝日新聞（夕刊）	二〇一二年三月二十日
to a good friend	別冊　詩の発見　11号	二〇一二年三月二十二日
道	赤旗	二〇一二年九月十七日
卒業	別冊　詩の発見　12号	二〇一三年三月二十二日

Ⅲ　水の町

波紋	びーぐる　18号	二〇一三年一月二十日
水の町	ガーネット　VOL.71	二〇一三年十一月一日
さかな子さんと僕	ガーネット　VOL.74	二〇一四年十一月一日

Ⅳ　雨のあと

ひよこ	交野が原　76号	二〇一四年四月一日
長い雨	ガーネット　VOL.73	二〇一四年七月一日
雨のあと	ガーネット　VOL.73	二〇一四年七月一日
九月になれば	交野が原　77号	二〇一四年九月一日
ボタンの穴	ガーネット　VOL.70	二〇一三年七月一日
白鳥の湖	ガーネット　VOL.69	二〇一三年三月一日
うみ	RENTAI　NO.418	二〇一一年六月十五日

既刊著書

詩集

『漠』　青髭社　一九八〇年
『さよなら』　鳥影社　一九八三年
『キリンの洗濯』　あざみ書房　一九八九年
『星に唄おう』　思潮社　一九九三年
『早く家《うち》へ帰りたい』　偕成社　一九九五年（二〇一三年　夏葉社より復刊）
『春 ing』（はりんぐ）　思潮社　一九九七年
『夜にいっぱいやってくる』　思潮社　一九九九年
『空への質問』　大日本図書　一九九九年
『ティッシュの鉄人』　詩学社　二〇〇三年
『高階杞一詩集』　砂子屋書房　二〇〇四年
『桃の花』　砂子屋書房　二〇〇五年
『雲の映る道』　澪標　二〇〇八年
『いつか別れの日のために』　澪標　二〇一二年
『千鶴さんの脚』　澪標　二〇一四年

共編著

『スポーツ詩集』（川崎洋・高階杞一・藤富保男）花神社　一九九七年

水の町

二〇一五年五月一日発行
著者　高階杞一
発行者　松村信人
発行所　澪標《みおつくし》
大阪市中央区内平野町二‐三‐十一‐二〇三
TEL　〇六‐六九四四‐〇八六九
FAX　〇六‐六九四四‐〇六〇〇
振替　〇〇九七〇‐三‐七二五〇六
印刷製本　株式会社ジオン

定価はカバーに表示しています
落丁・乱丁はお取り替えいたします